마음에 겨울이 깊어지면, 봄이 가까운 곳에 있다는 거야.

못된
토마토

넘어진 마음을 다시 일으켜주는 판다이야기

"너의 삶은 소중하니까 너무 힘들게 괴롭히지마.
소중한 만큼 가볍게…!"

넘어진 마음을 다시 일으켜주는
판다 이야기

못된
토마토

최종태 지음

마음의숲

프 / 롤 / 로 / 그

마음이란 참 신기합니다.

같은 세상인데도 어떤 날은 흑백 영화처럼 칙칙한 잿빛처럼 보이고, 또 어떤 날은 모든 것이 찬란하게 빛나는 화사한 컬러 영화 같습니다. 나는 한때 칙칙한 흑백 영화 같은 나날들을 오랫동안 보냈습니다. 그러다가 어느 순간 온 세상이 화사한 컬러 영화로 뒤바뀌는 경험을 했습니다. 그래서 이러한 차이는 마음 때문이라는 걸 잘 알고 있습니다.

내가 판다에 관심을 갖게 된 것도 마음 때문입니다. 아마도 판다를 좋아하는 사람들 대부분이 그럴 것이라 생각합니다. 몇 해 전 판다 관련 다큐멘터리를 촬영하기 위해 중국과 대만 그리고 일본에 사는 판다들을 만났습니다. 사진이나 동영상이 아닌 실제 판다와의 첫 만남의 순간은 잊을 수 없습니다.

판다는 참 신비롭습니다.
아주 오랜 옛날, 무슨 이유 때문인지 판다는 깊고 깊은 산속에서 살기 시작했습니다. 그 후 육식 동물이던 판다는 대나무를 주식으로 하는 초식 동물로 변했습니다. 판다의 역사와 그들의 일상을 가만히 보고 있으면 태고의 신비감 같은 것이 느껴집니다. 머리가 아닌 마음으로 느껴지는 신비감입니다. 판다는 우리들의 마음을 사로잡습니다. 판다와 만나는 사람들은 하나같이 순수하고 행복해 보입니다. 그런 이유로 마음이 힘든 사람들 가운데 판다를 만나면서 치유되는 경우가 아주 많습니다.

나도 그들 가운데 한 명이었습니다.

사는 일로 지쳐 있을 때 작업실 벽에 잔뜩 붙여 놓은 판다 사진들을 보고 있으면 나도 모르게 빙긋 웃음이 나왔습니다. 그래서 내 마음을 토닥여 주었던 판다에게 미안하지 않도록 맑고 향기로운 글을 쓰려고 무척 노력했습니다. 그동안 판다를 통해 얻었던 내 마음의 휴식과 행복을 이제 여러분께 전해 드리려 합니다.

추운 겨울을 견딘 꽃들이 활짝 피기를 기다리며

최 종 태

사진의 판다는 '리리'와 '신신'으로, 이야기에서는 한 명의 역할을 하고 있습니다.
사진: 타카히로 타카우지

‘바다로 가던
강물이 사막을 만나면
어떡해야 할까요?’

나는 지금
심각한 상황에
빠져 있어요.

시작은
이렇게 됐어요.

어느 날 갑자기 아침에 눈을 떴는데 일어나기 싫었어요.

뭐 그런 날도 있는 거죠.

간신히 눈을 떠도 일어나기 싫었어요.

뭐 그럴 수도 있어요.

누가 불러도 대답도 하기 싫고
소변이 마려워도 화장실 가기가 귀찮습니다.

뭐 그럴 때도 있는 거죠.

문제는 매일 아침마다 그런다는 거예요.

모든 게 다 귀찮고 꼼짝도 하기 싫습니다.

어떻게든 일어나 하루를 시작해 보려 해도 힘이 없어요.
내 몸의 모든 근육이 물에 흠뻑 젖은 스펀지 같아요.

사실은 힘이 없는 게 아니라
일어나 하루를 시작할 마음이 없는 거예요.

누군가 내 마음에 무거운 돌멩이를 매달아서
아무 힘도 못 쓰게 만든 거 같아요.

연료가 다 떨어진 자동차가 한순간 멈춰 서듯,
에너지가 모두 바닥난 거 같아요.

내 삶을 붙잡고 버티던 어떤 끈이
한순간 툭 끊어진 거 같아요.

예전에는 어땠냐고요?

잠에서 깨어나면 늘 기분이 좋았어요.
누군가를 만나면 반갑게 '굿모닝!'이라고 인사했어요.

하루 일과를 시작하기 전에 아침 운동부터 했어요.

운동을 하면서 오늘 해야 할 일들을 계획했어요.

어릴 때부터 나는 잘 웃었어요.

사람들이 웃는 내 모습을 보면 행복해진댔어요.

누구를 만나도 늘 웃는 얼굴로 대했어요.

그래서 인상이 좋다는 소리를 많이 들었어요.
그건 사회생활에서 아주 중요하니까요.

장난도 잘 쳤어요.
'뭐 재미있는 일이 없을까?'
언제나 호기심이 많았죠.

사람들이 우스꽝스러운 짓을 하는 나를 보고 깔깔대고 웃으면
개그맨이 된 것처럼 괜히 우쭐했어요.

내가 좋아하는 것들은 아주 많지만
그 가운데 특히 좋아했던 건…!

바로…!

바로…!

식사 시간이에요!

아침 식사 후에는 점심 식사 시간을 기다렸고

점심 식사 후에는 저녁 식사 시간만 기다렸어요.

당연히 간식이나
군것질도 좋아했죠. 언제, 어디서든
맛있는 것만 보이면
초롱초롱 눈이 빛났어요.

재롱도 피우고 애교도 떨며

맛있는 걸 먹을 수 있다면 자존심도 버렸어요.

그랬던 내가…

지금은 배고픈 게 귀찮고, 먹고 싶은 것도 없어요.

도대체 내가 왜 이렇게 된 걸까요?

그러던 어느 날
새로운 증상이 시작되었어요.

자꾸 슬퍼져요.

마치 아스팔트 위에 떨어진 낙엽 같아요.

이루고 싶었던 일도
꿈꾸던 행복도
모두 다
허망하게 느껴져요.

나만 혼자 이 세상에서 외톨이가 된 것 같아요.

슬퍼지면 울고 싶어져요.

울지 않으려 해도 자꾸자꾸 눈물이 납니다.

이유도 모르면서 그냥 서럽고 슬퍼서 엉엉 울어요.

너무 힘들어 죽고 싶었던 적도 있었어요.

지독한 독감에 걸린 것처럼
무기력과 슬픔에 꽁꽁 묶여 꼼짝도 못 하겠어요.

정말 독감 같은 병에 걸린 걸까요?

그렇다면 그 병은 무슨 병일까요?

만일…

그 병이 불치의 희귀병이면 어떡하죠?

병에 걸렸을지도 모른다는 생각이 들자
진짜 온갖 증상들이 나타나기 시작했어요.

그 가운데 제일 무서운 건
심장이 멈출 것처럼 가슴이 아프고
정신이 아득해질 때예요.

그러면 식은땀을 흘리며 겁에 질려요.

맞아요! 그랬던 거예요!

나는 불치의 희귀병에 걸렸던 거였어요.
그래서 밥도 먹기 싫고
아무것도 하기 싫었던 거였어요.

앞으로
살 수 있는 날도
얼마 남지 않은 게
분명해요.

나는 몰랐지만
내 몸은 죽을 줄 알았던 거예요.
그래서 자꾸 슬펐던 거예요.

죽음은
아무 예고도 없이
불쑥 찾아온다더니
사실이었어요.

왜 하필 내가 이런 병에 걸려야 하죠?

그런데 참 이상해요.

난 이제 죽을 텐데…

하늘은 왜 이렇게
계속 파랗죠?
천둥 번개도 치고
비도 주룩주룩
내려야 하는 거 아닌가요?

햇살은 왜 여전히 빛나고, 산들바람은 왜 계속 부나요?

모두들 자기 살기 바빠서

아무도 신경 안 써요.

내가 죽든지 말든지···.

그런 거죠 뭐….

삶은 태어나면서부터 고독한 거니까….

난 이렇게…
쓸쓸하고 고독하게…
혼자 죽어갈 거예요.

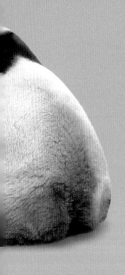

그렇게 슬픔과 두려움에 떨고 있던 어느 날

멀리 여행을 다녀온 까마귀가 찾아왔어요.

내 상황을 알게 된 까마귀가 말했어요.

"너에게도 **못된 토마토**가 찾아왔구나?"

내가 물었어요.

"못된 토마토가 뭐야?"

"못된 토마토는
마음을 빨갛게 녹슬도록 하는 녀석이야."

"못된 토마토의 습격을 받으면
어느 날 갑자기 몸에 에너지가 다 빠져 나가거나
이유도 없이 자꾸 슬퍼지거나
금방 죽을 거 같은 두려움에 빠져.
지금 도시에는 너처럼 못된 토마토의 습격을 받아
힘들어하는 사람들이 엄청나게 많아."

"못된 토마토는 왜 나한테 온 거야?
난 몸도 마음도 모두 건강했었어."

"그런 거랑은 아무런 상관없어.
아무리 단단한 쇠도 잘 돌보지 않으면
금방 녹이 슬어 못 쓰게 되잖아."

내가 까마귀에게 물었어요.

"그럼 못된 토마토를 쫓아내려면 어떡해야 해?"

까마귀가 말했어요.

"나는 못된 토마토에 대해서는 잘 알지만,
그놈을 쫓아내는 방법은 몰라.
그 대신 팁을 하나 알려줄게.

지금 너처럼 못된 토마토의 습격을 받고
오랫동안 힘들어 했었던 친구가 있었는데,
지금은 아주 건강하고 행복하게 잘 지내.
그 친구가 이렇게 말했어."

바다로 가던 강물이 사막을 만났을 때,
강물은 어떡해야 사막을 지나 바다에 갈 수 있을까?

못된 토마토를 쫓아낼 방법도
사막을 만난 강물이 바다로 가는 방법과 똑같아.

115

까마귀와 헤어지고
강물이 사막을 지날 수 있는 방법을 생각해 봤어요.
하지만 그럴 방법은 도저히 없을 거 같았어요.

그래도 진짜 죽을 병이 아니라는 사실에 마음이 놓였어요.

못된 토마토가 내 마음을 녹슬게 했으니까
우선 **내 마음**을 살펴 보기로 했어요.

느릿느릿 천천히 혼자 걸으면서 생각했어요.

천천히 걸으니까 주위 경치도 보게 되어 한결 편안해졌어요.
걸으면서 계속 마음을 생각했어요.

근데

마음은 어디에 있을까요?

가슴에 있나요?

아니면 머리에 있나요?

그것도 아니면 혈관 속에 흐르는 호르몬이 내 마음인가요?

내 몸 어딘가에 있기는 한 건가요?

너무 어려워요.

마음을 찾으려고
정신을 마음에 집중하려는데
이런저런 생각들이 자꾸 떠올라
도무지 그럴 수 없었어요.

어쩔 수 없이 떠오르는 생각들을 그냥 내버려뒀어요.
대부분 그동안 살아왔던 내 모습들이었어요.

생각해 보니 요즘처럼 혼자 있었던 적이 거의 없었어요.
일을 할 때도, 놀 때도 언제나 누군가 함께 있었어요.

그래서 늘 남들의 시선을 의식했어요.
'남들은 나를 어떻게 생각할까?' 그게 늘 궁금했어요.

남들보다 착하게, 똑똑하게,
남들보다 예쁘고 멋지게,
남들보다 행복하게 보이려고 늘 신경을 썼죠.

하지만 그건 진짜 내 모습이 아니에요.
남들의 관심과 부러움을 받으려고 그런 척 했을 뿐이에요.

그동안
나는 참 열심히 일했어요.

빨리빨리 서두르며
정신없이 하루를 보냈죠.
한 가지에 집중하지 못하고
여러 가지를 동시에 했어요.
그래야 맡겨진 일들을
다 처리할 수 있거든요.

아침마다, 일주일마다, 한달마다, 매년마다…
늘 목표와 계획을 세웠어요.
남들보다 더 높은 곳에, 더 빨리 올라가기 위한
목표와 계획이었어요.

계속 올라가지 않으면 불안했어요.

누군가 뒤쫓아 와 나를 확 밀쳐 낼 거 같았어요.

올라가면 올라갈수록 떨어질까 겁이 났어요.

그래도 겁쟁이 소리를 듣고 싶지 않아

괜찮은 척 계속 올라갔어요.

너무 힘들어
잠시 쉴 때도
그러면
남들보다
뒤처지는 거 같아
늘 불안했어요.

살다 보면 화가 나는 일을 겪을 때가 많아요.

하루에도 몇 번씩 너무너무 화가 나요.

하지만 화를 내면 안 되니까 꾹꾹 눌러 참아야 했어요.

참았던 화는 마음속 어딘가에 응어리로 남아 있겠죠.

또 이런 생각도 들었어요.

내가 뚱뚱해서…

먹는 걸 너무 좋아해서…

남들 눈치를 많이 봐야 했어요.

너무 억울하고…

황당한 일을 당했던
기억도 떠올랐어요.

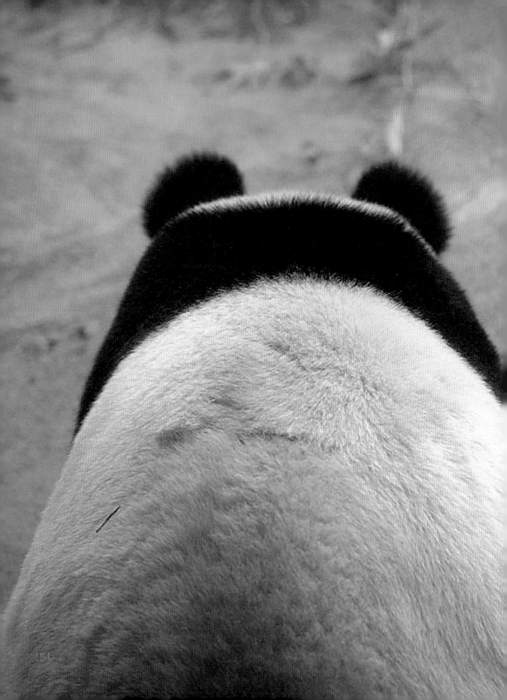

이런저런 생각들을 따라가다 보니
내가 나를 많이 힘들게 한 거 같았어요.

잠깐만요..!

힘들게 한 '나'는 누구고 힘들어 했던 '나'는 누군가요?

그리고 지금 진짜 내가 누구인지 궁금해하는 '나'는 또 누군가요?

내 마음은 여러 명의 '나' 가운데 누구에게 있는 건가요?

157

강물이 사막을 지나는 방법을 찾는 것보다
진짜 내가 누구인지… 내 마음은 어디에 있는지…
그게 더 어려운 거 같아요.

그래서 **고요한 침묵** 속에서 오랫동안 있었어요.

어느 순간 시끄러웠던 내 머리도 고요해졌어요.

그때 내 마음을 찾았어요.

남들에게 잘 보이고 싶었던 것도

빨리빨리 바쁘게 서둘렀던 것도

남들보다 높이 올라가려 했던 것도

누군가 쫓아올까 두려워했던 것도

모두 다 내 마음이 그렇게 한 거예요.

그래서 힘들었던 것도 내 마음이고
그런 마음에게 미안해하는 것도 내 마음이에요.
그리고 마음이 무엇인지 찾으려 애쓰는 것도 내 마음이에요.

세상에 마음처럼 이상하고 복잡한 건 없을 거예요.
마음은 나를 형편없이 망가뜨리기도 하고
그런 나를 걱정하고 구해 주기도 해요.

나는 여러 가지 마음들 가운데
힘들어하는 나를 측은해하고
용기를 주는 그 마음이 떠나지 않게
꼭 붙잡고 있기로 했어요.

나는
그 마음에 '틴틴'이라고
이름을 붙였어요.

'틴틴'은 어릴 적
이 세상에서
나를 가장 사랑했던
할머니 이름이에요.

겨울이 되었어요.

나는 여전히 강물이 사막을 만났을 때
어떡해야 하는지 몰라요.

하지만

나를 위로하고 용기를 주는 틴틴을 꼭 붙잡고 있었던 덕분에

아프기 전의 일상을 조금씩 되찾아 갔어요.

밥도 잘 먹고 장난도 잘 쳐요.

하지만 못된 토마토는 여전히 불쑥불쑥 찾아와 나를 괴롭혀요.

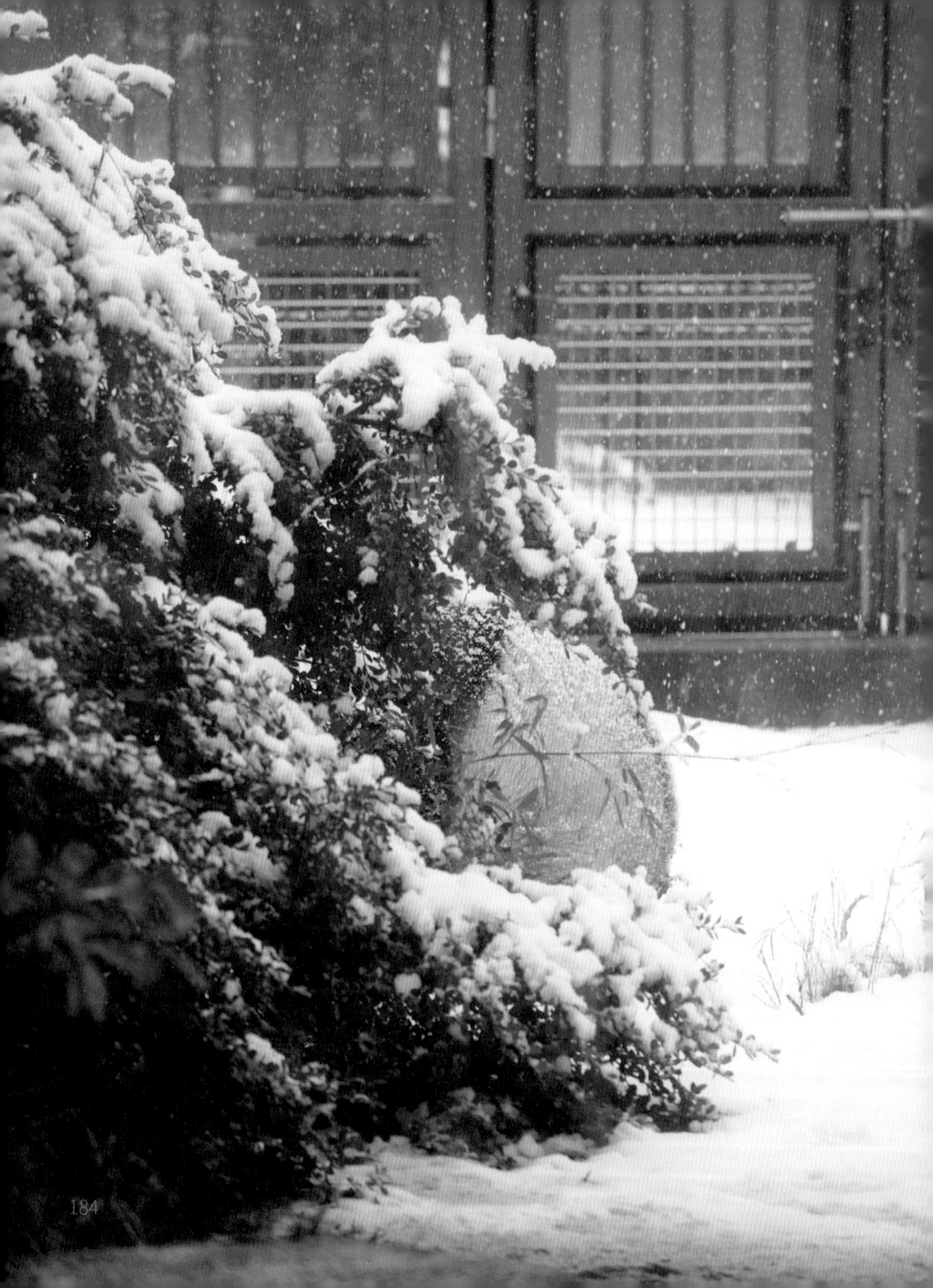

너무 힘들 때는
나도 모르게 **틴틴**을 잡고 있던 손을 놓아요.

그러면
못된 토마토는 나를 다시
슬픔과 두려움으로 꽁꽁 묶어요.

그러다가 번쩍 정신을 차리고 다시 놓쳐버린 틴틴을 찾아봐요.
틴틴은 손만 내밀면 잡을 수 있는 가까운 곳에 언제나 있었어요.

봄이 되었어요.

봄에도 흰 눈이 내려요.

못된 토마토는 여전히 찾아왔어요.

그러던 어느 날
틴틴도 살며시 다가와 내게 말을 걸었어요.

"못된 토마토가 찾아왔구나.

하지만 걱정하지 마.

세상에서 제일 편한 자세로 온몸에 힘을 다 빼고

못된 토마토가 하는 짓을 조용히 지켜보자.

우리가 상대해 주지 않으면
못된 토마토는 잠시 혼자 놀다가
재미없어서 금방 돌아갈 거야."

나는 틴틴이 시키는 대로 했어요.
그랬더니 정말 못된 토마토가
금방 떠나갔어요.

그 후에도
못된 토마토가 찾아오면
세상에서 제일 편한 자세로
온몸에 힘을 빼고
나를 괴롭히는 못된 토마토를
조용히 지켜봐요.

못된 토마토는 나에게 틴틴을 떼어 내려고
아프게도 하고 겁도 주지만, 난 절대 틴틴을 놓치지 않아요.

그러면 어김없이 못된 토마토는 금방 떠나요.

이제 난 못된 토마토가 무섭지 않아요.

꽃눈이 한바탕 내린 어느 날
나는 틴틴과 함께 느릿느릿 산책을 했어요.
틴틴은 산책을 제일 좋아하거든요.

그러다가 물에 비친 내 모습을 보게 되었어요.

물에 비친 내 모습이 예전과 달랐어요.

예전의 내 마음과
지금의 내 마음이
다르기 때문이에요.

함께 있던 틴틴이 나에게 빙긋 미소 지었어요.
나는 틴틴의 미소가 무얼 의미하는지 알아요.

'바다로 가던 강물이 사막을 만났을 때,
강물은 어떡하면 사막을 지나 바다에 갈 수 있을까?'

그 질문의 답을 알게 됐거든요.

사막을 만난 강물은
뜨거운 태양 빛을 받아 수증기가 되었어요.

수증기는 구름이 되었고,
구름은 바람을 따라 바다에 도착하여 비를 뿌렸어요.

그렇게 강물은 바다로 갈 수 있었어요.

변 해 야 해 요.
새로운 내가 되어야 해요.

강물이 수증기로 변하고 구름으로 변했듯이
나도 예전의 나에서 또 다른 나로 변해야 해요.

그리고…　　　　나는 이미 변해 있었어요.

나와 나의 마음은 같은 거예요.

틴틴이 내 마음이 되면서 나도 또 다른 나로 변한 거예요.

내가 변했다는 증거도 있어요.

지금까지 보지 못했던 아름다운 것들을 볼 수 있는…

신비의 눈동자를 갖게 되었거든요.

새로운 눈으로 세상을 바라보면서
놀라운 사실들을 알게 되었어요.

모든 순간은 **생애 한 번뿐**인 시간이에요.

모든 만남은
생애 단 한 번뿐인
만남이에요.

정말 신비롭고 아름답지 않나요?

토마토는 원래 몸에 좋은 건데
왜 그 녀석의 이름이 **못된 토마토**인지도 알게 되었어요.

비록 나를 힘들게 괴롭혔지만
못된 토마토 덕분에 틴틴도 만날 수 있었고
강물에서 구름으로 변할 수 있었으니까요.

요즘 나에게
가장 신나고
행복한 일이
뭔지 아세요?

아침에 눈을 뜨면 다시 하루가 시작된다는 거예요.

아! 이번에 알게 된 게 **하나 더** 있어요!

꽃이 왜 향기로운지 아세요?
한차례 매서운 추위를 견뎌 냈기 때문이에요.

멀리서 파도소리가 들려요.

나는 넓은 바다와
하나가 될 수 있어요.

오늘도 틴틴이 나에게 말해요.

"너의 삶은 소중하니까 너무 힘들게 괴롭히지 마.

소중한 만큼 가볍게…!"

넘어진 마음을 다시 일으켜주는 판다이야기
못된 토마토

1판 1쇄 발행 2024년 4월 10일

글   최종태
사 진   타카히로 타카우지
펴 낸 이   신혜경
펴 낸 곳   마음의숲

편집이사   권대웅
편   집   조혜민
디 자 인   김은아 황태수
마 케 팅   정진희

출판등록   2006년 8월 1일(제2006-000159호)
주   소   서울특별시 마포구 와우산로30길 36 마음의숲빌딩(창전동 6-32)
전   화   (02) 322-3164~5 팩스 (02) 322-3166
이 메 일   maumsup@naver.com
인스타그램   @maumsup
용지 월드페이퍼(주) 인쇄·제본 (주)상지사 P&B

ISBN 979-11-6285-150-0(03810)

*값은 뒤표지에 있습니다.
*저자와 출판사의 허락 없이 내용의 전부 또는 일부를 인용, 발췌하는 것을 금합니다.
*잘못 만들어진 책은 구입하신 곳에서 교환해드립니다.

어두운 밤이 지나고 눈을 뜨면, 아침은 항상 내게 말을 걸지.
오늘도 행복하라고….